Die geheimnisse des schwarzen mondes

GRELDÍNARD

MORGADO   **FROIDEVAL**

zweite epoche

COVER: OLIVIER LEDROIT

FARBEN: SLO, AMÉLIE VIDAL
und MANUEL MORGADO

Danke an François für seine Anleitung und sein
Vertrauen in meine Arbeit.
An Nicolas für die Chance, die er mir gegeben hat,
die Welt der Chroniken des Schwarzen Mondes zu
betreten.

Manuel Morgado

die chroniken des schwarzen mondes

 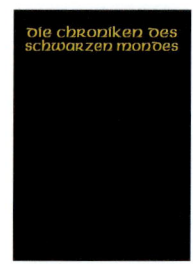

Band 0
„Grausames Spiel"
März 2013
© Finix Comics

Band 1 bis 14
erschienen
im Carlsen-Verlag

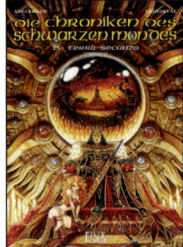 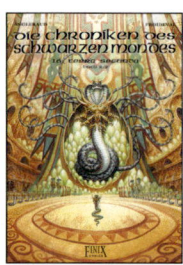  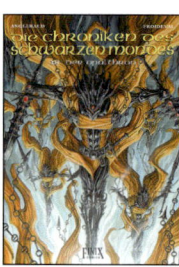  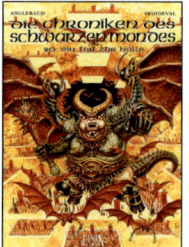 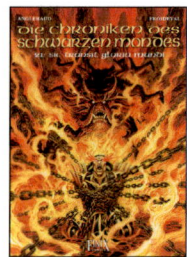

Band 15
„Terra Secunda – Buch 1/2"
November 2013
© Finix Comics

Band 16
„Terra Secunda – Buch 2/2"
Dezember 2015
© Finix Comics

Band 17
„Schlangenkriege"
Dezember 2016
© Finix Comics

Band 18
„Der Opalthron"
Januar 2018
© Finix Comics

Band 19
„Eine ganz normale Woche"
Oktober 2019
© Finix Comics

Band 20
„Ein Tor zur Hölle"
Januar 2021
© Finix Comics

Band 21
„Sic Transit Gloria Mundi"
Juli 2022
© Finix Comics

die geheimnisse des schwarzen mondes

 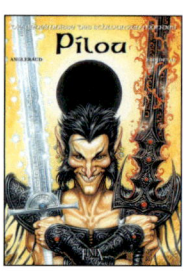 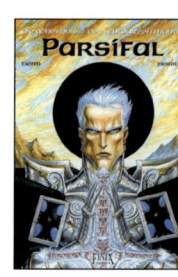 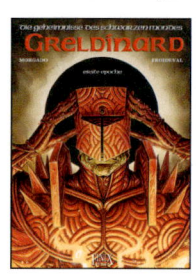 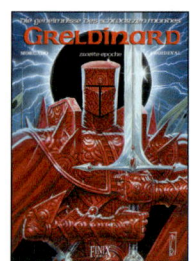

Band 1
„Ghorghor Bey"
Februar 2016
© Finix Comics

Band 2
„Pilou"
April 2016
© Finix Comics

Band 3
„Parsifal"
September 2016
© Finix Comics

Band 4
„Greldinard"
April 2018
© Finix Comics

Band 5
„Greldinard - Zweite Epoche"
Juni 2025
© Finix Comics

FINIX COMIC CLUB
© Finix Comics · Wiesbaden · 1. Auflage Juni 2025
Aus dem Französischen von Tobias Haßdenteufel
LES ARCANES DE LA LUNE NOIRE 5 - GRELDINARD - DEUXIÈME ÉPOQUE
Copyright © 2024 DARGAUD / Froideval / Morgado
www.dargaud.com · All rights reserved

Clubleitung: Oliver-Frank Hornig, Rainer Heim
Initiator & Vereinsgründer: Marc Schnackers
Lektorat: Peter Nover, Oliver-Frank Hornig
Lizenz: Oliver Hornig
Lettering: Kai Frenken
Layout / Covergestaltung: Kai Frenken
Herstellung: Horst Gotta
Druck: AUMÜLLER Druck
Bindung: CONZELLA Verlagsbuchbinderei
Alle deutschen Rechte vorbehalten · Printed in Germany
Softcover ISBN: 978-3-948057-56-5
Hardcover ISBN: 978-3-948057-57-2

Die Veröffentlichung dieses Albums wurde durch die Investoren des Finix Comic Club ermöglicht.
Die Geheimnisse des Schwarzen Mondes Band 05 erscheint in einer 1. Auflage von 700 Exemplaren in Hardcover sowie 700 Exemplaren in Softcover.
Weitere Informationen über den Club und seine Buchedition unter: www.finix-comics.de

WAS ...
WAS ...

WAS IST DAS !!!!222

DAS IST DIE ERDE. DAS IST DEIN ZUHAUSE. HIER SIND WIR AUF DEM MOND.

DAS IST UNMÖGLICH. JEDER WEISS, DASS DER MOND EIN GOTT IST!

ABER NEIN! DER MOND IST EINE RIESIGE GESTEINSMASSE OHNE LEBEN ODER LUFT ZUM ATMEN.

ÄÄÄÄH NEIN !!!

HÄÄÄÄÄ?

DOCH, DOCH ...

MEIN MEISTER FÜHRTE UNS ZU SEINEM UNEINNEHMBAREN PALAST, EINER GIGANTISCHEN FESTUNG AUF DEM MOND. HIER BEFAND SICH DAS ZENTRUM SEINER MACHT, FERNAB VON ALLEM.

ICH WILL DIR MEINEN PALAST ZEIGEN.

UND WARUM STEHT EUER PALAST NICHT AUF DER ERDE?

DAS IST DAS GEBETSZENTRUM. WICHTIG FÜR DIE ZEIT, WENN ICH ENDLICH EIN GOTT BIN.

DAS IST DER GROSSE SPEISESAAL!

MEINE GEMÄCHER ...

MEIN BESCHEIDENER THRONSAAL.

WEIL ICH HIER ALLEINE BIN. NIEMAND KANN KOMMEN UND MICH BEHELLIGEN.

DIE GROSSE BIBLIOTHEK.

DAS GROSS!

DAHER DER NAME, OGUNTA!

MEIN ARBEITSZIMMER.

UND ZWEI MEINER TREUESTEN DIENER, DARUNTER DEIN ZUKÜNFTIGER HAUSLEHRER: DER MENTAT PHOCRATHUS.

SEI GEGRÜSST. ICH BIN HERMANN, DER HEERFÜHRER.

SIND SIE EIN ZWERG?

HMPF ...

IHR VERWÖHNT MICH, GEBIETER ...

ALSO GUT, KLEINER MANN, WOMIT FANGEN WIR AN? AAAAAAAAAAAAAAAAH!!!

ÄÄÄÄÄH ... FÜNF?

NEIN, ZWEI PLUS ZWEI MACHT NICHT FÜNF ... IDIOT!!!

ES HEISST NICHT „KLEINER MANN", SONDERN MEISTER PHOCRATHUS!

ZAP!

ZAP!

SCHMATZAAAAAAAA!!

LERN ANSTÄNDIG ESSEN, DU SCHWEIN!!

AUAAA!!

ZAP!

HILFE!

BITTE SIE UM EINEN TANZ.

ZAP!

EIN TANZ, KEINE VERGEWALTIGUNG!!

ICH HAB GENUG VON DER GANZEN ZAPPEREI!!!!!

AUAAAAA!!!!

ZAP!

ZAP!

AUAAA!!

BEGRÜSSE DIESEN MANN!

GEHT'S DIR GUT, ALTES HAUS?

SEHR ERFREUT, MEIN HERR.

ZAP!

ICH HABE BEGRÜSSEN GESAGT, DU HORNOCHSE, NICHT UMBRINGEN!!!

AUAAAAAAAAAAAAA

ZAP!

MAN TRINKT AUS DEM GLAS, DU DRECKIGER DZORAK!!

GNNNNAAAAA!

GLUGGLUGAAAH!

ICH FASSE ES NICHT, ZWÖLF FEHLER IN DER ERSTEN ZEILE?!

ZAP!

UND EINE DAME NIMMT MAN BEI DER HAND, NICHT IN DIE HAND!!!

WAS DENN?!

AUTSCH!!

HELFT MIR!!

SO IST DAS, WENN MAN WASSER AUF SÄURE SCHÜTTET! DAFÜR MUSS ICH DICH NICHT EINMAL ZAPPEN, HEHE.

ZAP!

NEIN, MOORK LIEGT NICHT MITTEN IM OZEAN ... TROTTEL!

AUA!!

UND MAN VERSUCHT NICHT, SEINEN GELIEBTEN MEISTER HINTERRÜCKS ZU TÖTEN.

JEDEN TAG VERSUCHTE MEISTER PHOCRATHUS MEHR ODER WENIGER ERFOLGREICH, MEINEM KLEINEN ORKSCHÄDEL DEN NUTZEN SEINER UNTERRICHTSEINHEITEN EINZUBLÄUEN. DANACH FOLGTEN LEKTIONEN IN TAKTIK UND STRATEGIE, DIE MIT HILFE VON MENTALEN PROJEKTIONEN SIMULIERT WURDEN.

GUT, FANGEN WIR AN.

HMM, ORKS. DAS IST EINFACH!

SCHÖN. JETZT SIND ES ELFEN. WAS TUST DU?

DAS WIRD BRUTAL. ICH GEHE DIREKT DRAUF LOS UND STÜRZE MICH INS MASSAKER!

EIN WÜTENDER ANGRIFF. WENN DER KONTAKT DA IST, SPRINGEN DIE ZWEITEN UND DRITTEN REIHEN ÜBER DIE ERSTE KAMPFLINIE.

VOLLE RÖHRE AUF DIE MÖHRE!

KEINE TAKTISCHEN FINESSEN NÖTIG, WIR GREIFEN AN UND SCHLAGEN DRAUF, BIS SICH NICHTS MEHR BEWEGT. EINFACH!

HMM, ZUERST EINEN SCHILDWALL. WIR STECKEN DEN PFEILHAGEL WEG UND GREIFEN AN!

UND GEGEN DIE ZWERGENKAVALLERIE?

UND GEGEN DEN SCHRECKLICHEN SCHILDWALL DER IMPERIALEN GARDE?

BEGINNEN WIR MIT EINEM RIESEN.

NACH DEN SIMULATIONEN GING ES IN MEINER AUSBILDUNG IM ZWEIKAMPF WEITER. IMMER BRUTALER UND IMMER HÄRTER! DAS WAR AUFREIBEND, SCHMERZHAFT, ABER HAT MICH WEITERGEBRACHT.

AUTSCH! DAS PIEKT!

KLEIN, ABER FIES, DIESE BIESTER!

ZWERGENKRIEGER.

UND JETZT GEGEN MICH.

HEHE. DANEBEN!

DU MUSST BESSER WERDEN!

ES WAR IMMER DAS GLEICHE, TAG FÜR TAG. DOCH LANGSAM ABER SICHER WURDE ICH EIN BESSERER KRIEGER, EIN BESSERER STRATEGE. UND OHNE DASS ICH ES WUSSTE ZU DEM PERFEKTEN WERKZEUG, DAS MEIN MEISTER BENÖTIGTE.

EIN PALADIN DER GERECHTIGKEIT.

DIE HABEN IHRE EIER AN DER GLEICHEN STELLE WIE JEDER!

GUT. JETZT VERVOLLKOMMNEN WIR DEINE TECHNIK MANN GEGEN MANN. MENTAT, BEGINNEN SIE!

ELITEGARDE DER ELFEN.

UND ZUM SCHLUSS EIN HAUPTMANN DER KAISERLICHEN GARDE.

STIRB, DU MISTKERL!

NETT!

ICH KANN DIESE SCHWEINE NICHT AUSSTEHEN!

ICH SCHAFFTE ES SOGAR, MIR MEISTER PHOCRATHUS' LEKTIONEN ZU EIGEN ZU MACHEN. AM ENDE KONNTE ICH MICH IN GESELLSCHAFT GEBEN WIE EIN ABSOLUTER EDELMANN. UND DOCH HATTE ICH MICH NICHT VON GRUND AUF VERÄNDERT.

VON ZEIT ZU ZEIT STANDEN MIR EIN PAAR URLAUBSTAGE ZU. DANN KEHRTE ICH ZURÜCK AUF DIE ERDE UNTER DIE MEINEN, UNTER DIE ORKS. IHRE GEBRÄUCHE KAMEN MIR IMMER BARBARISCHER UND SELTSAMER VOR, UND DOCH ... WAREN ES IMMER NOCH MEINE ORKS!

ALSO DANN, AMÜSIER' DICH GUT.

KRELL DINARD! ENDLICH BIST DU WIEDER DA!

DIE FÜSSE RUNTER VOM TISCH, DZORAK!

OFFENBAR WAREN MIR NACH MEISTER PHOCRATHUS' LEKTIONEN UNSERE TISCHMANIEREN UNERTRÄGLICH.

DANACH TRAF ICH MEINE GEFÄHRTIN GLURKHA, WAS MIR DAS LEBEN SEHR VERSÜSSTE, UNENDLICH VERSÜSSTE.

SCHLIESSLICH KONNTE ICH MICH NOCH DEN EINFACHEN FREUDEN ECHTEN KAMPFES HINGEBEN MIT ALL SEINER GEFAHR, AUFREGUNG UND WUT.

UND IN DER ZWISCHENZEIT AUF DEM MOND ...

UND NUN, MEINE LIEBE, WERDEN SIE DAS PRIVILEG HABEN, MIR ETWAS BEIZUBRINGEN.

AH! SIE ZUTATEN HABEN, GUT!

OH! SOLLTE EINER VON IHNEN TOT SEIN?

ABER SIE SIND BEIDE AM LEBEN?!

NEIN, SO GEHT ES AUCH!

FASZINIEREND ... IHRE MAGIE IST SIMPEL, ABER EFFEKTIV.

WENN BEIDE KÖRPER SCHWINGEN HARMONISCH AUF EINER WELLE ...

... SIE SIE VERSCHMELZEN ZU EINEM.

UND FERTIG.

UNGLAUBLICH, ES HAT FUNKTIONIERT! WAS FÜR EIN WUNDERSCHÖNES BABY.

UND VOLL FUNKTIONSTÜCHTIG! HABEN SIE HUNGER?

DANKE! ABER ICH GEIST, ICH NICHT MEHR ESSEN KÖNNEN.

NIMM, URMARCHT! EIN KLEINER IMBISS.

DANKE NOCHMALS, WELCH WUNDERBARE ERFAHRUNG!

DANKE, MEISTER!

KOMMEN SIE, MEINE LIEBE, SIE MÜSSEN MIR DAS IM DETAIL ERKLÄREN.

UND NACH MEINER RÜCKKEHR AUF DEN MOND WAR DER URLAUB FÜR MICH VORBEI.

OOOOOOH, MEIN ARMES KIND ...

MIT DEM KADAVER FUNKTIONIERT ES NICHT!

MEIN MEISTER HATTE ENTSCHIEDEN, MEINE KÖRPERLICHEN FÄHIGKEITEN ZU VERGRÖSSERN. DAS WAR ÄUSSERST SCHMERZHAFT...

STOPP! SIE IHM WEH TUN!!

DANN PROBIEREN WIR ES MIT EINEM LEBENDIGEN DÄMON.

SCHMERZ IST KURZ, MACHT WÄHRT EWIG!

... GRÄSSLICH SCHMERZHAFT, UND MEINE MUTTER, DIE IHM HALF, KONNTE MEIN LEIDEN NICHT LÄNGER MITANSEHEN.

ER ZU SCHLECHT!

AAAAAAARGHHH!

WIR BRAUCHEN EINEN MÄCHTIGEREN DÄMON.

SIE AUFHÖREN, BITTE!

ICH MUSS DARÜBER NACHDENKEN.

ABER MEIN MEISTER IGNORIERTE ES ... UND VERFOLGTE UNERBITTLICH SEINE ZIELE, ZUM GROSSEN LEIDWESEN MEINER MUTTER.

SPÄTER BEGANN DIE TORTUR VON NELIEM.

BITTE, GROSSER MAGIER! SIE AUFHÖREN, ER ZU VIEL LEIDEN!

SCHMERZEN SIND EIN GUTES TRAINING FÜR EINEN KRIEGER!

SIE AUFHÖREN MÜSSEN!

SO, SO! MUSS ICH?

JA! STOPP! GNADE! DAS NICHT NATÜRLICH!!

... UND DAS VON EINEM GESPENST!

SIE SIND NICHT IN DER POSITION, MIR BEFEHLE ZU ERTEILEN, OGUNTA!

GEIST IN SEELE!

NEEEEEEEEEEEEINNN!!!!

SEELE IN HAND!

HAND IN MUND!

MMMMH ... SIE SCHMECKEN VORZÜGLICH!

AAAH, KÖNNTE ICH DOCH NUR! ABER EINES TAGES WÜRDE ER ES HERAUSFINDEN ... UND DAS WÄRE PROBLEMATISCH.

SIE ALSO AUFHÖREN?

JA, FÜR DEN MOMENT. DENN ICH BENÖTIGE EINEN VIEL MÄCHTIGEREN DÄMON.

SCHAMANIN, ICH MUSS KURZ MIT IHNEN REDEN. FOLGEN SIE MIR.

OGUNTA, IHR SPEKTRALKÖRPER WIRD SCHWÄCHER. WAS GEDENKEN SIE ZU TUN?

ICH BLEIBEN WOLLEN MIT DINARD.

ICH WOLLEN AUF IHN AUF-PASSEN.

UND MICH WEITER ALLE FÜNF MINUTEN LANG NERVEN MIT MEINEN DÄMLICHEN GEDANKEN UND DAUERNDEN BESCHWERDEN!

BALD SIND SIE VERSCHWUNDEN.

ICH WERDE VERSUCHEN, EINE LÖSUNG FÜR IHR PROBLEM ZU FINDEN.

DANKE.

BLEIBEN SIE BEI IHREM SOHN, WÄHREND ICH DARÜBER NACHDENKE.

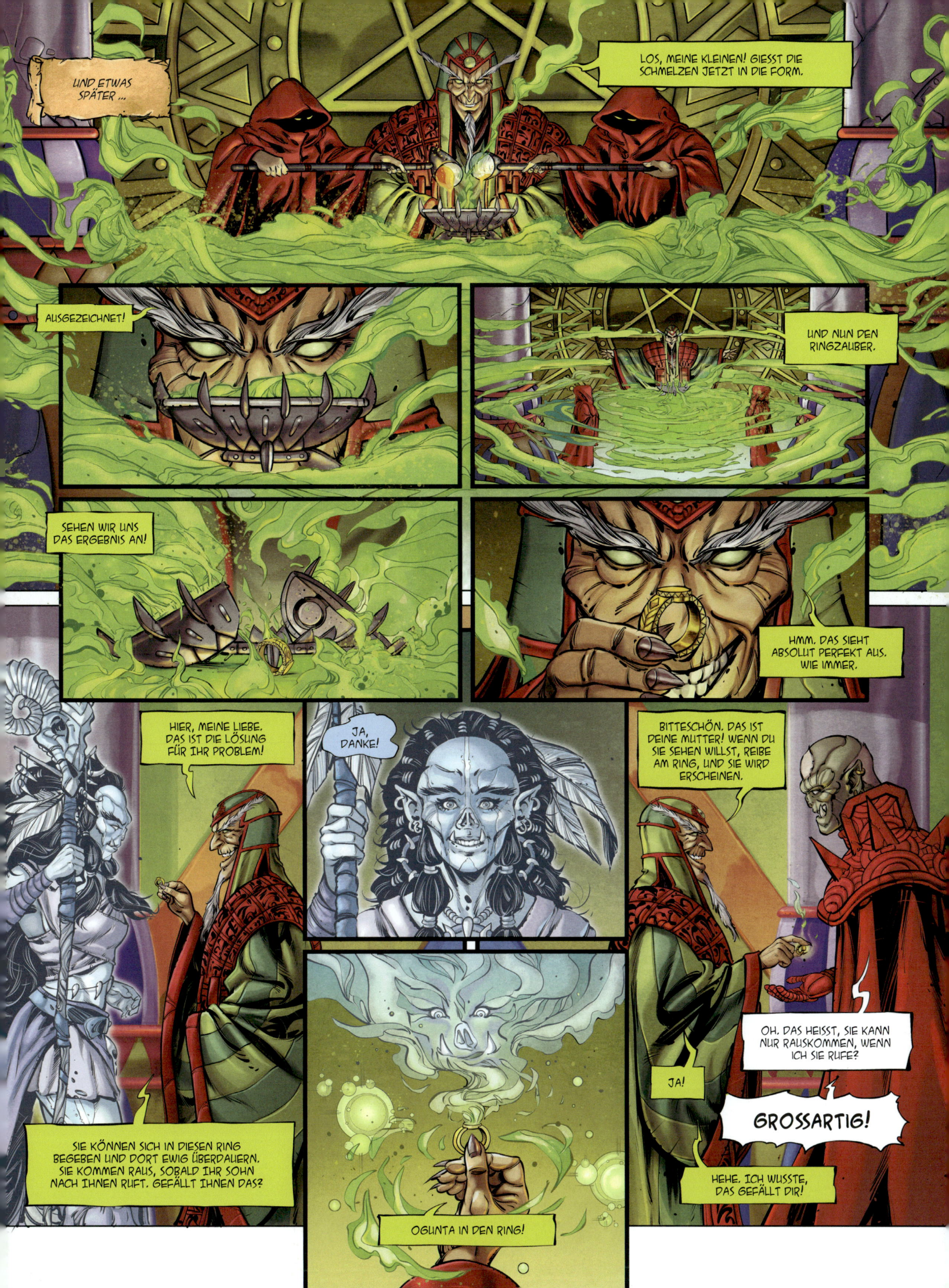

UND ETWAS SPÄTER ...

LOS, MEINE KLEINEN! GIESST DIE SCHMELZEN JETZT IN DIE FORM.

AUSGEZEICHNET!

UND NUN DEN RINGZAUBER.

SEHEN WIR UNS DAS ERGEBNIS AN!

HMM. DAS SIEHT ABSOLUT PERFEKT AUS. WIE IMMER.

HIER, MEINE LIEBE. DAS IST DIE LÖSUNG FÜR IHR PROBLEM!

JA, DANKE!

BITTESCHÖN. DAS IST DEINE MUTTER! WENN DU SIE SEHEN WILLST, REIBE AM RING, UND SIE WIRD ERSCHEINEN.

OH. DAS HEISST, SIE KANN NUR RAUSKOMMEN, WENN ICH SIE RUFE?

JA!

GROSSARTIG!

SIE KÖNNEN SICH IN DIESEN RING BEGEBEN UND DORT EWIG ÜBERDAUERN. SIE KOMMEN RAUS, SOBALD IHR SOHN NACH IHNEN RUFT. GEFÄLLT IHNEN DAS?

HEHE. ICH WUSSTE, DAS GEFÄLLT DIR!

OGUNTA IN DEN RING!

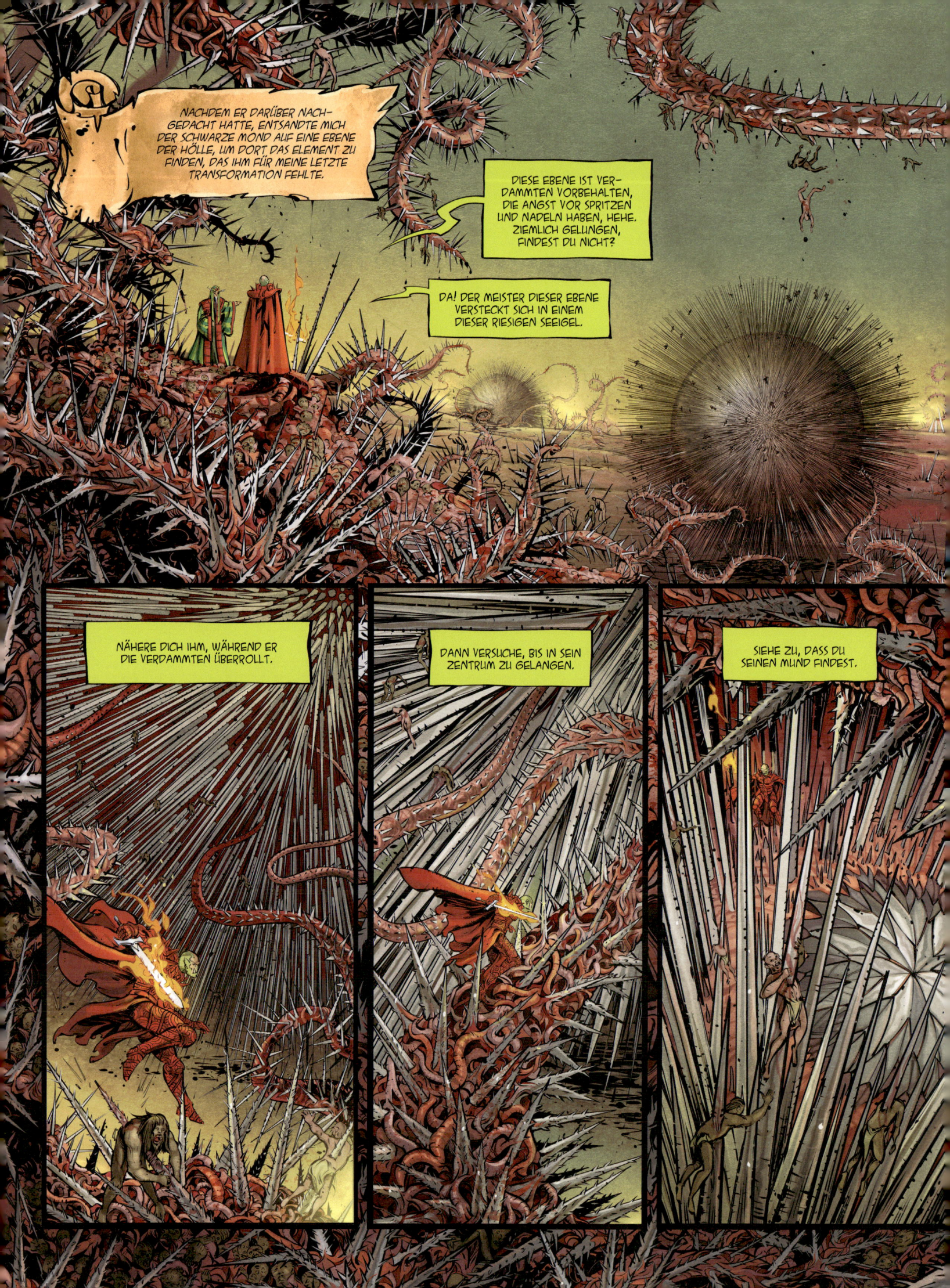

NACHDEM ER DARÜBER NACH-
GEDACHT HATTE, ENTSANDTE MICH
DER SCHWARZE MOND AUF EINE EBENE
DER HÖLLE, UM DORT DAS ELEMENT ZU
FINDEN, DAS IHM FÜR MEINE LETZTE
TRANSFORMATION FEHLTE.

DIESE EBENE IST VER-
DAMMTEN VORBEHALTEN,
DIE ANGST VOR SPRITZEN
UND NADELN HABEN, HEHE.
ZIEMLICH GELUNGEN,
FINDEST DU NICHT?

DA! DER MEISTER DIESER EBENE
VERSTECKT SICH IN EINEM
DIESER RIESIGEN SEEIGEL.

NÄHERE DICH IHM, WÄHREND ER
DIE VERDAMMTEN ÜBERROLLT.

DANN VERSUCHE, BIS IN SEIN
ZENTRUM ZU GELANGEN.

SIEHE ZU, DASS DU
SEINEN MUND FINDEST.

ER ÖFFNET SICH VON ZEIT ZU ZEIT, UM VERDAMMTE ZU VERSCHLINGEN.

NUTZE DIE CHANCE, UM INS INNERE ZU GELANGEN.

HILF MIR!

WAS? WER SPRICHT DA?

ICH BIN ES! BEFREIE MICH!

ICH SUCHE DEN FÜRSTEN DIESER EBENE. WEISST DU, WO ER IST?

MMMMH!

AH! DANKE.

SAG MAL, DU BIST JA HÜBSCH!

DAS HÖRE ICH SO OFT.

ICH SPÜRE, DASS DU IHN BESIEGEN KANNST!

WO IST ER?

AM SCHWIERIGSTEN WIRD ES SEIN, IHN ZU ERWISCHEN. ER IST IMMER IN BEWEGUNG ... NIMM DICH VOR SEINEN STACHELN IN ACHT.

ZERREISSE MEINE FESSELN!

DICH HAT ER JA GANZ SCHÖN ERWISCHT.

MMMH.

DA! DU BIST FREI!

MMMMH!

ALSO SAG, KANNST DU MIR HELFEN?

ICH WILL, DASS ER VERRECKT!

JA, ICH WERDE DIR HELFEN.

DORT DRÜBEN, GLAUBE ICH.

DANN LOS.

WIR SIND DA. SIEHST DU DIE DICKE KRABBE DA DRÜBEN? DAS IST ER.

DA IST ER!

LOS GEHT'S!

PASS AUF, ER IST SEHR MÄCHTIG!

UND SEINE STACHELN SIND VERGIFTET.

WENN ER DICH BERÜHRT, IST ES AUS MIT DIR!

PASS AUF SEINE PRANKEN AUF!

NEEEIN!

SCHADE, ICH MOCHTE DICH.

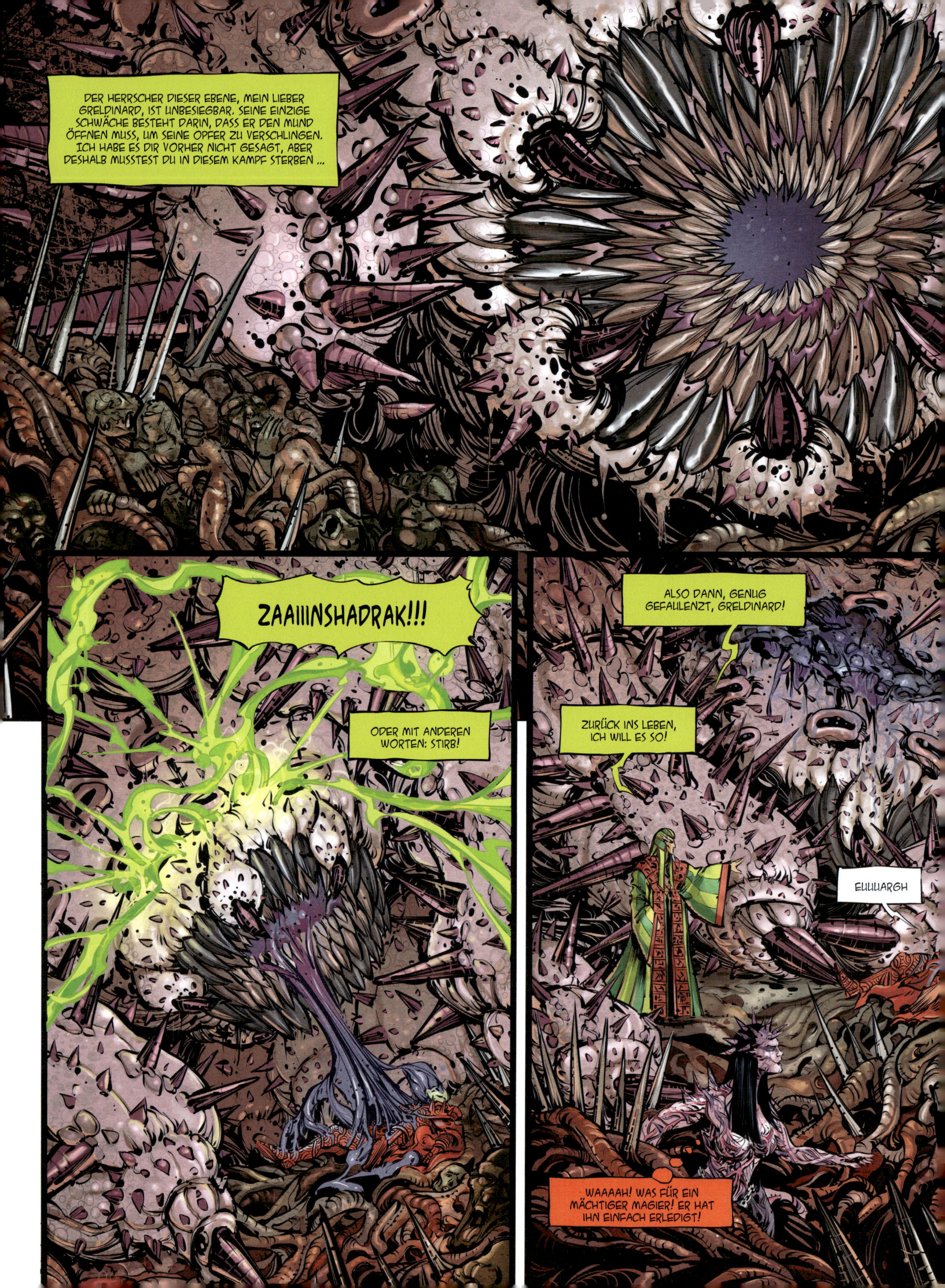

DER HERRSCHER DIESER EBENE, MEIN LIEBER GRELDINARD, IST UNBESIEGBAR. SEINE EINZIGE SCHWÄCHE BESTEHT DARIN, DASS ER DEN MUND ÖFFNEN MUSS, UM SEINE OPFER ZU VERSCHLINGEN. ICH HABE ES DIR VORHER NICHT GESAGT, ABER DESHALB MUSSTEST DU IN DIESEM KAMPF STERBEN ...

ZAAIIINSHADRAK!!!

ODER MIT ANDEREN WORTEN: STIRB!

ALSO DANN, GENUG GEFAULENZT, GRELDINARD!

ZURÜCK INS LEBEN, ICH WILL ES SO!

EUUUARGH

WAAAAH! WAS FÜR EIN MÄCHTIGER MAGIER! ER HAT IHN EINFACH ERLEDIGT!

UND DU HAST DEINE AUFGABE HERVORRAGEND ERFÜLLT. **HA HA HA HA.** MEIN ARMER FREUND ... JETZT BIN ICH AN DER REIHE.

OOOOH ... WAS IST PASSIERT, MEISTER?

ÄHM ... ICH WAR BEI IHM!

JA, JA, HABEN WIR.

UND WER BIST DU?

ÄCHZ ... HABEN WIR IHN ERWISCHT?

NICHTS WEITER. DU WARST TOT, KLEINER, ABER JETZT GEHT ES DIR WIEDER BESSER!

ZUGEGEBEN. WIR SEHEN SPÄTER WEITER.

NATÜRLICH, MEIN KIND. FÜR WEN HÄLTST DU MICH?!

SIE WUSSTEN, DASS DER DÄMON UNBE- SIEGBAR WAR?

HEHE. ICH LIEBE SIE JETZT SCHON, MEISTER!

UND SPÄTER, ZURÜCK AUF DEM MOND ...

AAAAAAAAAAAAAA ...

AAAAAAAAAAAAAA ...

NEIN, HÖREN SIE AUF! SIE IHM WIEDER WEH TUN!!

OGUNTA, HALT DIE KLAPPE!

WIE WUNDERSCHÖN ER LEIDET!

WAAAAH! IHR SEID SO STARK, MEISTER!

AAAAAAAAAAAAAA ...

OOOOOH ... JETZT IST ER NOCH VIEL HÜBSCHER!

OH, ARMES BABY ... ER AM LEBEN?

WIR HATTEN DEN KÖRPER DES HÖLLENFÜRSTEN MIT NACH HAUSE GEBRACHT, UND NOCH EINMAL BEGANN MEIN MEISTER DAS GRAUENVOLLE RITUAL DER TRANSMIGRATION. ICH GLAUBTE, DEN SCHMERZ ZU KENNEN, ABER ES WAR NICHTS IM VERGLEICH ZU DEM, WAS MICH ERWARTETE.

UND ES GEHT LOS!

DANKE, WEISS ICH!

AAAAAAAAAAAAAA ...

ABER NATÜRLICH. DEINEM ARMEN BABY GEHT ES GUT. LASS UNS JETZT!

NUN GUT. ES SCHEINT SO, ALS HÄTTE ES DIESMAL HERVORRAGEND FUNKTIONIERT.

LOS, DAS NICKERCHEN IST VORBEI. STEH AUF!

AAAAAARGH!

AAAAAAAAAAAAAAA ...

JA, ICH WEISS, SAGTEST DU SCHON.

GROSSARTIG! DU BIST PHÄNOMENAL!

DA GIBT ES NUR EIN KLEINES PROBLEM. WÄHREND DU FÜR EINEN NICHT-MENSCHEN UNGLAUBLICH CHARISMATISCH AUSSIEHST, BIST DU FÜR EINEN MENSCHEN EINE ABSOLUTE ABSCHEULICHKEIT.

MIT SO EINEM HÜBSCHEN GESICHT KÖNNTEN SIE DEINEN BEFEHLEN NIEMALS FOLGEN.

ALSO ...

... DARFST DU DEINEN HELM VON JETZT AN NIE WIEDER ABLEGEN. ICH HABE IHN MIT DEM SEELENSTEIN DES DÄMONEN BEHANDELT. DADURCH ERHÄLTST DU SEINE UNBESIEGBARKEIT. ER WIRD DIR VON NUN AN WIE EINE ZWEITE HAUT SEIN!

ES IST VON GRÖSSTER BEDEUTUNG, DASS KEIN MENSCH JEMALS DEIN GESICHT SIEHT, WAS AUCH IMMER GESCHIEHT.

ER HATTE MIR GESAGT, DASS ES EINE WICHTIGE MISSION WAR ...

DA ICH NUN SELBST EIN HALBER DÄMON WAR ...

DESHALB KEHRTE ICH ZURÜCK IN DIE HÖLLE ...

... IGNORIERTEN MICH DIE KLEINEREN TEUFEL.

AUSGERÜSTET MIT EINER BESONDEREN WAFFE, GRIFF ICH LUZIFER AN.

WER IST DIESER CLOWN?!

STIIIRB!

WAS?!

ZAAAAPP!

AAAAAAAAAAAAAAAAAAAAAAAAAAAAAAAAAAAAAAAAAAAAAAAAAAAARGH!

NUN, VATER, WAS DENKEN SIE?

WER AUCH IMMER VERRÜCKT GENUG IST, MICH AUF MEINER EIGENEN EBENE ANZUGREIFEN ...

... IST ABSOLUT GEEIGNET.

UND JETZT VERPISS DICH, SOHN!

DIE MISSION WAR OFFENBAR, ÄH ... EIN VOLLER ERFOLG?

DANN GAB MIR HAAZHEEL THORN EINE ROLLE IN SEINEM GROSSEN PLAN: ER WOLLTE ZUM GOTT WERDEN. SO BEGANNEN FÜR UNS ZAHLLOSE REISEN INS HERZ VERSCHWUNDENER STÄDTE UND UNTERGEGANGENER ZIVILISATIONEN.

WIR WERDEN ES NIEMALS SCHAFFEN! ES IST DAS BESTGEHÜTETE GEHEIMNIS DER GANZEN WELT!

ALL DIE JAHRE VERLOREN, ALLES UMSONST!

DENN WELT UM WELT, TEMPEL UM TEMPEL ... IMMER ENTGING IHM SEIN ZIEL.

DORT ERLEBTEN WIR FASZINIERENDE DINGE UND SAHEN UNS SCHRECKLICHEN GEHEIMNISSEN GEGENÜBER, DEREN UNERGRÜNDLICHE MYSTERIEN UND RÄTSEL ER ZU DURCHDRINGEN HOFFTE, OHNE JEMALS DAS ZU FINDEN, WONACH ER SUCHTE.

SORGT EUCH NICHT, MEISTER. EINES TAGES WERDET IHR ES SCHAFFEN.

ICH GLAUBE AN EUCH.

VERDAMMT NOCHMAL, JA! GENAU DAS IST ES!! WAS BIN ICH FÜR EIN DUMMKOPF GEWESEN!

DER GLAUBE MACHT DIE GÖTTER!

ALSO REKRUTIERTEN WIR KINDER, DIE TALENT ZEIGTEN ... UND WILLENS WAREN.

DANN ENTFALTETE ER DIE GEBETSBÄNDER...

... UND LEHRTE DEN ANGEHENDEN PRIESTERN, SIE ZU BENUTZEN.

DANN ÄNDERTE ER DIE GEBETE SO, DASS ER SELBST ZUM ZENTRUM SEINER NEUEN RELIGION WURDE.

STÄRKER, MEINE KINDER. ICH SPÜRE, DASS ES KOMMT!

... UND ZU EIFRIGEN PRIESTERN.

NEIN!

DU BIST NICHT EIFRIG GENUG, KLEINER! ICH WERDE DICH ESSEN!

ER BILDETE SIE ZU MAGIERN, ZU MENTATEN AUS ...

WENN SEINE GLÄUBIGEN ZU IHM BETETEN, ERSCHIENEN VON NUN AN IHRE SEELEN IN EINER WABE UND IHRE ENERGIE ÜBERTRUG SICH AUF SEINEN THRON, DER INMITTEN DES GIGANTISCHEN RAUMS SCHWEBTE. ER KONNTE SO, WENN ER DORT SASS, KONTAKT ZU IHNEN AUFNEHMEN UND ENTSCHEIDEN, OB ER IHRE GEBETE ERHÖREN SOLLTE ODER NICHT. ER HATTE ERFOLG! ER WURDE ZUM HALBGOTT.

UND ICH HATTE EIN GROSSES PROBLEM. MEINE MUTTER UND GLURKHA WAREN DIE BESTEN FREUNDINNEN DER WELT GEWORDEN UND LIESSEN MIR KEINE RUHE MEHR ...

HIHIHI! UND DANN?

UND ALS ER KLEIN WAR ...

ALSO WIRKLICH ... GAR KEINE MEHR!

DESWEGEN ENTSCHIED ICH, MIT MEINER GEFÄHRTIN INS INNERE DER GRENZMARK AUFZUBRECHEN, UM ETWAS RUHE ZU FINDEN. MEINE MUTTER BLIEB GUT VERWAHRT IN IHREM RING.

ES WAR EINE WUNDERBARE ZEIT: ICH FRIEDLICH VEREINT MIT DER FRAU, DIE ICH LIEBTE, ALLEIN!

ABER UNGLÜCKLICHERWEISE WAR MEINE MUTTER EINE MÄCHTIGE SCHAMANIN. SIE FAND EINEN WEG, UM AUS DEM RING ZU ENTWISCHEN. UND DIE HÖLLE BRACH VON NEUEM LOS!

ICH EUCH HELFEN FÜR FRUCHTBARKEIT UND FÜR BABY. GLURKHA, ICH DICH VERHEXEN!?

OH! ENTSCHULDIGE, LIEBES.

KRELL, DEINE MUTTER!

MUTTER, IN DEN RING!

ACH NEEEEIN ...

IMMER RÜCKTE SIE UNS AUF DIE PELLE!

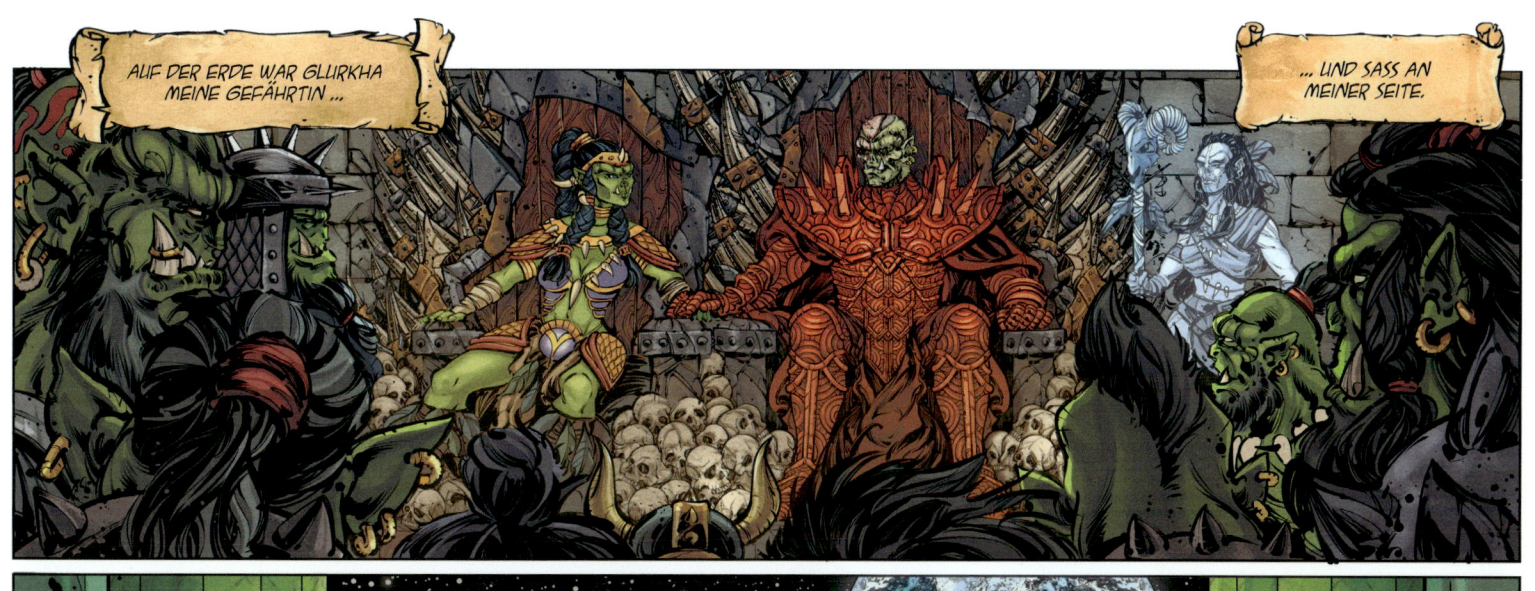

AUF DER ERDE WAR GLURKHA MEINE GEFÄHRTIN ...

... UND SASS AN MEINER SEITE.

ABER AUF DEM MOND WAR ES DIE DÄMONIN ...

... UND DAS GEFIEL NICHT JEDEM.

DAS NICHT RICHTIG, SOHN!

DAS BESSER, SOHN.

ICH BEHANDELTE BEIDE MIT DER GLEICHEN LEIDENSCHAFT.

GRELDINARD, DEINE MUTTER!

SOHN! DAS WIRKLICH NICHT RICHTIG!!

MUTTER, IN DEN RING!

DANN KAM DIE ZEIT MEINES ERSTEN LIEBESKUMMERS ...

JETZT BIN NUR NOCH ICH ÜBRIG!

IIARGH!

GLURKHA?

NEEEEEEEIN!!

DAS DEINE DÄMONIN, DIE SIE GETÖTET HAT.

MMMMPF!

JA, LIEBSTER, SIE MICH GETÖTET.

JETZT GIBT ES NIEMANDEN MEHR, DER ZWISCHEN UNS STEHT, GELIEBTER!

... BALD GEFOLGT VON MEINEM ZWEITEN LIEBESKUMMER.

ABER WARUM?

UND SCHEISSE! DICH HABE ICH AUCH GELIEBT.

WEIL ICH SIE GELIEBT HABE!

WAS?!

DU HÄTTEST AUF MICH HÖREN SOLLEN!

WARUM DU MICH BETROGEN, MIT IHR?!

WARUM HAST DU MICH GETÖTET, VERDAMMTER IDIOT!?

DIE SEELEN DER TOTEN ZU SEHEN, KANN ZIEMLICH ANSTRENGEND SEIN.

ETWAS SPÄTER, UM AUF ANDERE GEDANKEN ZU KOMMEN ...

DAMALS KÄMPFTEN WIR GEGEN ALLE FEINDE DES SCHWARZEN MONDES.

ICH BIN VON JETZT AN EUER ANFÜHRER!

DIE HORDEN DER ZWEIFACH GEBORENEN DES HAAZHEEL THORN WAREN UNS DABEI EINE GROSSE HILFE.

VORWÄRTS!!

UND MIT EINER RIESIGEN NICHT-MENSCHLICHEN ARMEE STELLTEN WIR UNS ENDLICH DER LETZTEN BEDROHUNG, DIE AUF UNS LASTETE ...

KRIEGER, DIESE STADT IST DIE LETZTE ETAPPE UNSERER EROBERUNG DES ÄUSSERSTEN OSTENS DES REICHS!

WAS DU SAGEN?!

WIR MACHEN MOORK KAPUTT!!

AH! DAS VIEL KLARER!

AAAAAANGR ... ?

NICHT NÖTIG, BOSS!

IST KEINER ZU HAUSE, ALLES OFFEN.

UND TATSÄCHLICH WAR DIE STADT BEREITS OFFEN. ZUM GROSSEN VERDRUSS DER ORKKRIEGER!

WIR SIE TROTZDEM MACHEN EIN BISSCHEN KAPUTT, WAS, BOSS?

NEIN, NEIN. NICHT NÖTIG.

KOMMEN SIE, BOSS. NUR EIN BISSCHEN!

NEIN HEISST NEIN!

DIE GROSSE STADT, GEFIEL MEINEM MEISTER NOCH NICHT RECHT: NICHT MÄCHTIG GENUG, ZU WENIG BEFESTIGT. ALSO SETZTEN WIR DIE RIESEN EIN, UM SIE AUSZUBAUEN UND IN EINE SCHRECKLICHE UND UNEINNEHMBARE ZITADELLE ZU VERWANDELN. DOCH DIE ARBEITEN, DIE ZUM ERREICHEN DIESES ZIELS NOTWENDIG WAREN, GESTALTETEN SICH SCHLEPPEND UND SCHWIERIG.

DA DRÜBEN SOLL KEIN TURM HIN?

NEIN, SIRE!

SIND SIE SICHER?

JA, DENN ... IHR HALTET DEN PLAN VERKEHRT HERUM!

ABER UNSER GEGNER HATTE ENTSCHIEDEN, DIE STADT AN DER OSTMARK WIEDEREINZUNEHMEN, UND SCHICKTE UNS EINE GROSSE ARMEE, UM SEINEN BESITZ ZURÜCKZUERLANGEN. WIR RÜCKTEN ALSO AUS, UM SIE AUF EINER EBENE VOR DER STADT ZU EMPFANGEN.

BOGENSCHÜTZEN! FEUER!

STIIIIIRB!

GENAU! HÖRT AUF EUREN BOSS!

KRIEGER, SEID IHR BEREIT?

JAAAAAAAAAAAAA!!!!!!

SCHILDWALL!

AAAAAAAAAAAANGRIFF!!

JETZT WIR HAUEN SIE ECHT KAPUTT, BOSS?

JA!

AAAAH, GUT! DU BIST GUTER BOSS!

AH! ENDLICH EIN BISSCHEN SPASS!

DU KLAPPE HALTEN UND TÖTEN!

GIGANTEN! HIERHER!

NEEEIN! DIE LASSEN NICHTS ÜBRIG FÜR UNS!

WIR ERLEDIGEN SIE, BRÜDER!

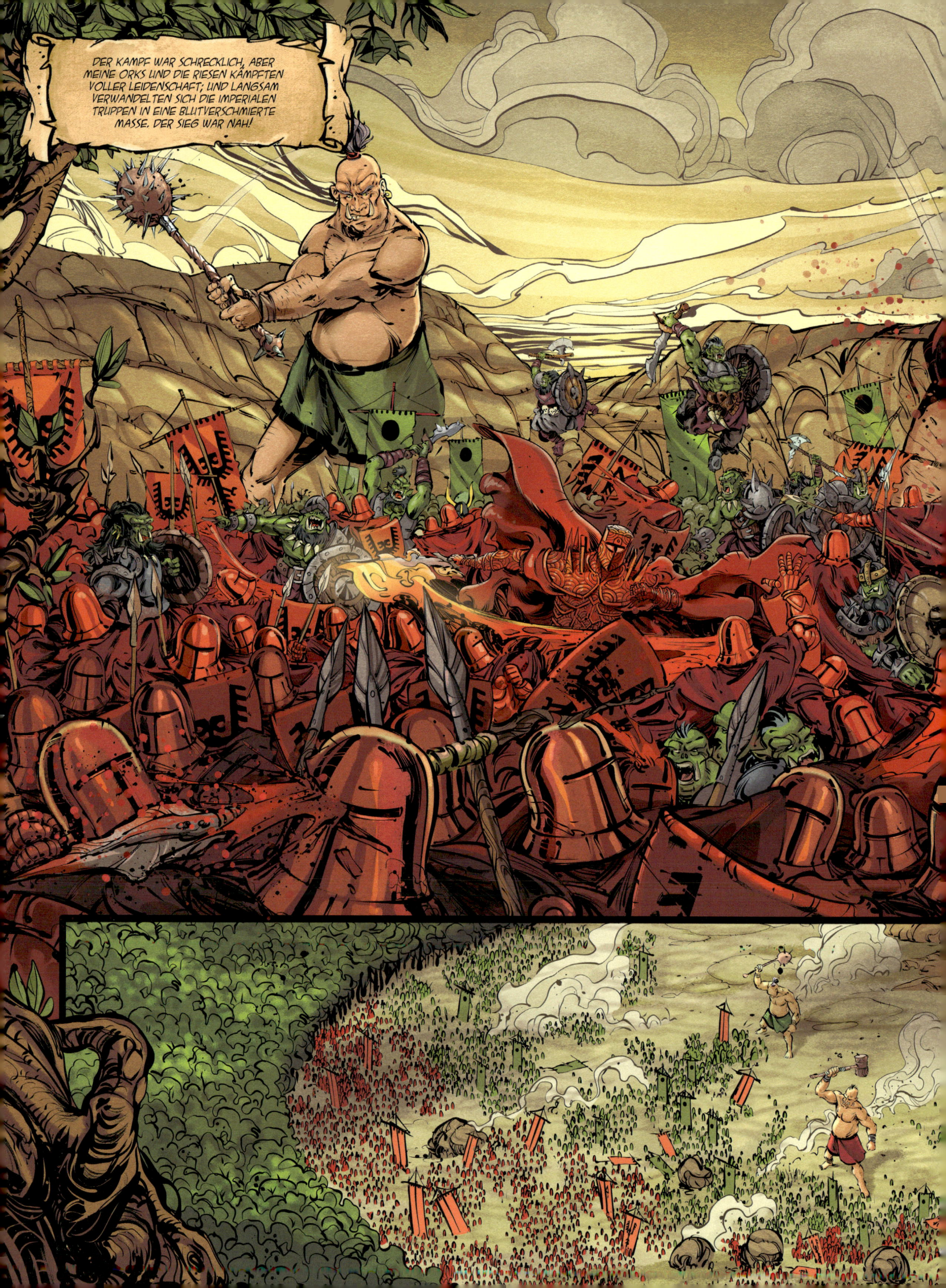

DER KAMPF WAR SCHRECKLICH, ABER MEINE ORKS UND DIE RIESEN KÄMPFTEN VOLLER LEIDENSCHAFT; UND LANGSAM VERWANDELTEN SICH DIE IMPERIALEN TRUPPEN IN EINE BLUTVERSCHMIERTE MASSE. DER SIEG WAR NAH!

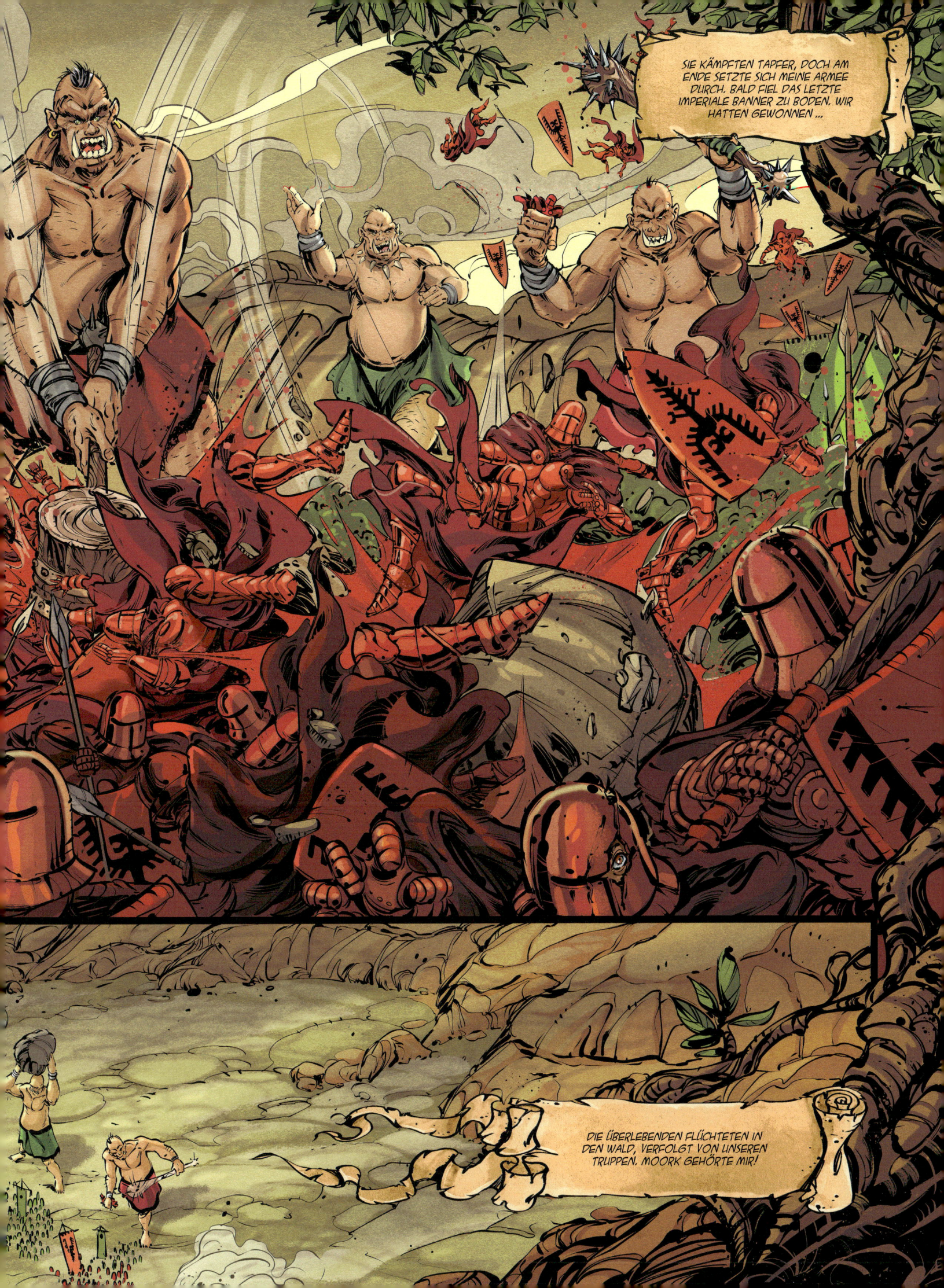

SIE KÄMPFTEN TAPFER, DOCH AM ENDE SETZTE SICH MEINE ARMEE DURCH. BALD FIEL DAS LETZTE IMPERIALE BANNER ZU BODEN. WIR HATTEN GEWONNEN ...

DIE ÜBERLEBENDEN FLÜCHTETEN IN DEN WALD, VERFOLGT VON UNSEREN TRUPPEN. MOORK GEHÖRTE MIR!

WIR FEIERTEN UNSEREN GROSSEN SIEG, DIE STADT JUBILIERTE. SIE BEFAND SICH NUN UNTER DER HERRSCHAFT VON HAAZHEEL THORN, DER MICH ZUM BARON VON MOORK ERNANNTE. VON DEN ORKS BIS ZU DEN MENSCHEN HERRSCHTE ICH ÜBER DIE GESAMTE OSTMARK.

ICH SASS AUF DEM GROSSEN THRON VON MOORK, UND MEIN WILLE WAR GESETZ. NATÜRLICH REGIERTE ICH NICHT ALLEIN, UND ICH DIENTE DEN PLÄNEN MEINES MEISTERS. ABER DAS PASSTE MIR SEHR GUT.

UM DIE IRONIE AUF DIE SPITZE ZU TREIBEN, LEISTETEN WIR EINSEITIG DEN BÜNDNISSCHWUR AUF DAS REICH, DAS WIR GERADE ZERSTÖRT HATTEN, WAS DER KAISER VON LHYNN NATÜRLICH NIEMALS ANNEHMEN KÖNNTE. ABER DAS KÜMMERTE UNS NICHT. UND SO VERGRÖSSERTE SICH DIE MACHT MEINES MEISTERS WEITER.

SEHT IHR, WIE SIE UNS ZUJUBELN?

SIE HABEN JA AUCH KEINE ANDERE WAHL. HE HE!

DIE RITTER DES LICHTS SIND AUF DEM VORMARSCH, MEISTER.

HALTE DEINE ARMEE BEREIT FÜR DEN FALL, DASS ...

EIN WEITERES MAL WÜRDE MEIN SCHICK-SAL AUF DEN KOPF GESTELLT WERDEN, UND BALD SCHON SOLLTE ICH DEN-JENIGEN TREFFEN, DER MEIN LEBEN FÜR IMMER VERÄNDERN WÜRDE ...

ENDE
MORGADO   FROIDEVAL